JN062428

音楽

ハグ（4）　ここにいる（7）　サムネイル（9）　十年（13）　ゆきとかえり（16）
ディスタンス1（21）　ディスタンス2（26）　ジャパニーズ・ゴッホ（30）
Motion Picture Soundtrack（32）　Various Artists（54）　ときどき明るい（83）
Ray（89）　ブランケット（95）　これきりの夏（98）　Contact（104）　吹き消すよ（108）
寝食（113）　きこえたい（115）　BPL（118）　ピクセルアート（122）　ゆくゆくは（126）

ハグ

借りたままの古いゲームのサントラと貸したままのそのカセットのこと

カラオケの機械に歌詞をながめてるだけの時間をわりと恋しい

今日持ってこなくてもいいお土産をありがとう　いま食べちゃいますか

残念ながら次が最後の曲ですと残念をみんなで抱きしめる

遠い人が幸せになるその流れで自作の顔文字をほめられる

赤がすき　ライブ帰りに来た道を雑にたどって待つ信号の

ポケットにしまったドリンクチケットを忘れてた　夏みたいな汗だ

さ、はシティポップの語尾で夢にまでコーヒーの香りが漂う朝さ

ポスターの右下の画鋲ゆるくって風ぬけるたび騒ぐ右下

遊びたい小学生の遊びたい声は月曜から仕上がって

カーテン越しの朝はいいよね映画始まるまでの映画館ぽくてさ

買った夜にはいなかった部屋にいて部屋着にしてるバンドTシャツ

国道をあだ名で呼んでしっくりときたのはこの町が初かもな

「夏ちょっと花火みえるよ、みにおいでよ」「行くよ、みえてもみえへんくても」

サムネイル

かっぱよく似合ってますね、を飼い主に　似合ってるね、を犬に話した

落ち込んだときのあなたがよく使うスタンプのねこ　そらで描けるよ

ねつけない子犬のために読み上げるいつもの給湯器のWikipedia

YouTubeのサムネみたいな月、ちがう、サムネみるみたいにみてる月

ラジオっていいねふとんをかぶっても聴けるしふとんは裏切らないし

終点に近づいてきて快速が思わせぶりに見せてくる街

あなたは虹をあなたの犬は雨上がりをよろこんでいる　アイスが当たる

テレビの笑い声を右耳で聞く　つらい　左耳で聞く　つらい

しっぽだけぶれてるphotoのそうやってあなたに犬がそばにいた夏

最寄り駅がテレビに映る最寄り駅のいちばんきれいな角度が映る

入り口へカートを取りに戻るときスーパーにいることがたのしい

空港のベンチは床が近くって履いてる靴をすきになる場所

シネコンのトイレでこれから観る人ともう観た人の差がわからない

持ってるしいつでも聴ける曲やのにラジオで流れるとうれしいね

百均で買いたいものが出てこない感じで祈ること出てこない

缶で飲むアクエリアスのおいしさを懐かしがって死んじゃうんかね

猫に鳴き真似をかえして今日が終わり十年経てば十年が過ぎ

ゆきとかえり

大工さんたちが木陰でうなだれて大所帯バンドのジャケみたい

オペラグラス買うつもりで来たのにやっぱ無くたっていいやっていつもなる

この先コンビニはありません　こういうのすぐ撮るよね、いい感じに撮れた？

これ今度映画になるんやったっけ？　もうなってるんやっけ？　あっ猫

へんな和訳の看板を撮っているきみの構図に入らないように待つ

閉店後も電気がついているでかいサイクルショップを引きで写した

夏フェスから帰ってきてのシャワーっていい　来年も行けるなら行こうかな

こないだの動画ごめんまだ見てないねんWi-Fi飛んでるしいま見るわ

アーカイブで今日の23時59分《ぎりぎり》まで観れるライブに滑り込むライブ感

月をみる　こんな真上にあったから気づかなかった時間の後で

普段履き用にバッシュを買いたいな　それ履いて行きたいなカナダとか

タクシーのウィンカーの鳴り映えそうな交差点　東京っぽい　東京か

地下鉄の看板が地上の夜にひときわあかるい歩道を歩く

きみは地下へぼくはしばらく地上です来年も生きてたら会いましょう

ディスタンス１

趣味てんでばらばらだから我々のプレイリストは最強ですよ

アメリカの空っぽい晴れ　高速をみながら息を吐く息を吸う

凍らせたきみのとわたしのぬるいのでペットボトルは飲みごろとなる

きみが好きだったシーンを語るのを映画の続きみたいにみてる

借りっぱのノートのきみの筆跡がさわがしくってありがたい夜

暗い顔してどうしたんアメリカンドッグをたいまつみたいに渡す

眠くならんようにね、ともらうキシリッシュ　月とならべてみて月をみる

かっこいい名前なのにね　遅い馬　なのにねじゃないね　かっこいいだね

祝日にちなんだことをしましょうよ布団の中を図書館にして

つらいね、のいいねをつける　これしきのことで救った気になって消す

きみの書くものをわかりたくなりたい月をなぞってなぞっては泣く

気を抜くと誰もを嫌いになりそうな夜　抱きとめて犬と震える

返すとは言わず戻すと言うきみの図書館きみの本棚だった

無課金でこんなにやりこめるなんて我々のしりとりやばいよね

次に会うときがきたなら聴きためた深夜ラジオの話がしたい

おやすみ、で終わる手紙がやってきて読めるぬいぐるみという感じ

ディスタンス2

目をつむりながら起きてる春の夜ラジオを月で聴いてみたいな

しばらくのやりとりののちシークレット・トラックみたいに届くおやすみ

コマ割りのなめらかな漫画のようで泣いているのを気づけなかった

ヘッドフォンがうれしい季節になりました、で始まる手紙、が速達でした

Bluetoothがとにかく途切れる街にきて見たことのない食パンを買う

みんな漫才をみていてやることがなくてあなたも漫才をみる

自転車に雪の見開きにJASRACの許諾番号までもまぶしい

ウィンカーの音でねむたいそういえばイブかぁみたいな目で追う光

２０２０年に好きになった曲を聴きなおす会えなかったも思い出と思う

こたつから抜けない足で着地するあなたの足のうら　よいお年を

ジャパニーズ・ゴッホ

電源を切ったスクリーンに今日の美術で聞いたゴッホの顔だ

ドアノブがきれいに外れる　削げ落ちる耳ってこんなイメージだよな

今夜アメリカの誰かがあたらしくする世界、たのしみ　おやすみ　アメリカは昼か

音が鼻、においが耳に来るときの夢はゲームの中と似ている

おとなりのにおいで起きる明け方の日本の壁に押しあてる耳

Motion Picture Soundtrack

映画館をスクリーンまで歩くとき森の枯れ葉を踏みゆくここち

セーターに首をうずめて聴いているラジオの声を暖炉みたいに

くたくたの歌詞カードみたいな首もとの毛並みを撫でて越えてゆく年

公共料金の受け取りにいそがしいレジが落ちつくまでガムをみる

かぶったらフードにさっきまでいてた店のカレーのにおいだ　雪だ

ヘッドフォンを帽子みたいにあまつさえマフラーみたいに身につけるのね

当時まだ昭和を知っていた犬と平成の雪をはしゃいだ写真

カラオケで歌わない時間になっていつだったかの話の続き

雨の夜　アパマンショップの青色であなたの泣いてるかがわからない

駅前の花壇にいつもさびしさをおぼえて撮ろうとするとなくなる

持ってきた上着の出番がやってきてバスが来るまで手をつないでた

＊

これも聴いてみる？を聴いていて外の流れる町に春をみている

試聴機のボタンの効きづらささえも愛せたＣＤショップだったな

明日から最寄りではない駅前で買った明日のパンあたたかい

フライングタイガーで要らない物を買う　元気はそれで出ることがある

笑ったり泣いたりで忙しくするんだ名前で選んだハイツに住んで

ボウリング場の横方向の抜け　それをボウリングよりも好きだ

音楽は水だと思っているひとに教えてもらう美しい水

天井を指さす流れてる曲があなたの好きなので思わずね

10000回きみが聴いたという曲の10001回目をきみと聴く

不謹慎かもね、を聞いて十歩くらい無言で進む　かもね、を返す

のある暮らしのない暮らしをしていくよ洗いざらしの犬をかかえて

湯煎したバターみたいになれますよこちらの日向でぼっこしましょう

高速道路にときめいている犬　きみは高速道路のどこが好きだい？

＊

ガスタンクを数える　3基、いや4基　3基にみえた位置から写す

あ、今　と思った今の夕焼けが引き延ばされて過去っぽい今

夜のもうほとんど暗いほとんどを拒んで湾岸線のオレンジ

車の中で車の中を撮る　窓をあけたくてたまらない犬を撮る

昼間っからビールとかたまらんねの気持ちわからんままにそうやねと言う

カーブしたあとの景色を知りながらする前に何度でも忘れたい

いま聴くと突き刺さる歌詞？　肉質が変わったのかもしれないですね

現像をしたい　撮れたと思ってた景色がだめでがっかりしたい

ワイパーを一番速いやつにして負けないくらいの歌をうたった

また来たいねがまた行きたいねに変わるころ右手にふたりの街がみえます

ステージに手をふる顔という顔の誰もに口がみえていた夏

*

ポップコーンのにおいになっている犬を抱く　映画館に犬といる感覚をする

ベランダに夜を見にいく飲みものを誰かが買っていく音の夜

泣いてしまった漫画を閉じるとき本のこんな軽くて泣いてしまった

ゆびにセロテープをつけて会いにゆくあなたがあなたをなおす夕べに

昭和を思った気持ちのはずが平成でファンシー文具が町にあふれる

教習所にゆっくりと落ちる　高架からその太陽を沈むまで見る

人はみなこころにドラムカウントのオリジナルの掛け声を持つべし

加速して高速道路へなじむとき時はゆったり時だけをする

*

樋《とい》を打つ　単音弾きのギターリフみたいに雨がこの町を降る

ボンネットに猫が寝ていて絵になるが私有地だから口述のみで

祖父に連れられた地下街の日曜のスパゲティいつまで輝くんだろう

貴重品と命だけ持って並んでる整理番号1桁の夜

開場から開演までの2時間を飼いならせないうれしさと待つ

ひとりで来れてよかったなあ、って　いるみんなそう思っていそうでいいライブ

対バンもよかった夜をかみしめて信号のたび空を見上げる

シンガーの路上を遠ざかりながらああファルセットお上手ですね

耳がまだライブハウスにいる夜道うまく心を動かせなくて

＊

さみしがるひとの気持ちをわからないときわかるときよりもさみしい

好き嫌いの話じゃないんですけど、と前置きされて嫌いの話

いつぶりのメールが届く前回の添付の梅のほころびにRe:で

地下街を通って着いたデパートでずっと地下にいる気がするずっと

イヤフォンを外す　目だけでは真夏だと信じてしまう雲をみつけて

てきとうに当てにこられた名のどれも似合ってしまう犬だったこと

ひとがするクレーンゲームをみていたい広いイオンにきみの隣で

フライングタイガーの一方通行に花見の脇をゆくようにいる

いま会ったみたいに顔を見合わせるエンドロールのエンドの明けに

Various Artists

今日、平成最後の満月だって。 そのメールをもらって撮った平成

切手を
お貼り
ください

郵便はがき

142-0064

東京都品川区旗の台
4-6-27
株式会社 ナナロク社

岡野大嗣歌集『音楽』
読者カード係 行

フリガナ	
ご氏名または、 ペンネームなど	
お住まいはだいたいどのあたりでしょうか。町の名前はお好きですか。	
本を手にとってくださったあなたはどのような方ですか。 例・映画好きの会社員で2匹の猫の飼い主です。 (　　　　　　　　)	
お買い上げの書店名	所在地

★ご愛読ありがとうございます★

以下の項目についてお答えいただければ幸いです。
小社と岡野大嗣さんとで大切に読み、励みといたします。

■ 今の気分で本書から５首を選ぶならどの歌でしょうか。

■ 本書へのご意見・ご感想をお聞かせください。

※ご感想はお名前を伏せて本のPRで使わせていただくことがございます。

チョコレートをやれないぶんをいつもより甘めのハグで犬に伝える

シガーロスは高価なチョコレートの名前　そう刷り込んで聴かせてる夜

ゆうべ観た映画を忘れかけながらベランダに出て眺める地元

犬やなくてインターネットで買うときのポチやよ　わかっとるよありがとう

コンパクトディスクの虹が降る道へたぶん最後の散歩に抱いて

高架下のバスケットコート　高架下にバスケットコートと夜だけがある

＊

本屋さんぽくない名前の本屋さんで待ち合わせよう今日の記念に

タイトルを端から眺めていく時間　好きも嫌いもまだないままに

ストロークスみたいでかっこいいっすね　わかるんだけどあれは猫だよ

開演を待ちながらフロアにぽつぽつと古参のライブTまぶしいな

無理にこの街を褒めなくたっていいアンコールだって無くたっていい

花鰹のダンスを盆踊りと言われたしかになあと終わるまでみた

*

かごの影きれいで自転車をとめる春より春な冬のまひるに

市民会館に誰かの家みたいな　これがこの市の市民の匂い

音楽に景色が肩を寄せてくる夕方にいて抱きとめている

犬がとまる　春なら花見で座れないベンチの前に何かをみてる

だいどこ、と呼ぶ祖母が立つときにだけシンクにとどく夕焼けがある

遠い窓たくさん光ることにどの季節より季節を感じるよ

*

泣けたより泣けなかったを愛してるふたりが泣いて観ている映画

小さくてまるいあなたの筆跡はカヌレみたいでカヌレのまたね

テラス席の終始ガタつくテーブルでさっきの映画をぼそぼそしたい

コンビニでおむすびを　おにぎりじゃなくおむすびって言ってたのがいいな、って

試着して自分の顔がみえてないあなたの眼鏡姿　写すよ

自分から広がってったアンコールの手拍子をみる　雨をみるようにみる

＊

吊ってあるギターにさわらないようにさわれる距離で憧れている

してみたい楽器を始めないままでいるのをわりと希望と思う

とつぜんな犬の疾走を思うよあなたのカッティングのギターソロ

古い機械ばかりのゲーセンで取れた生まれつきくたくたのぬいぐるみ

お店の人が履いている靴は廃番でうらやましがるとよろこんでくれた

大きめの犬のつもりで抱いてたらその夜ギターはよく吠えました

*

もう無いドトールのあった駅前のあった頃よく笑ってた角

映画館でチュロスを食べて目的はこれだったみたいに笑い合う

パンを買うために電車に乗ってますパンと電車に敬意を込めて

髪を切った気分になれる音楽を髪を切っても聴きたくなるよ

エスカレーターの終わりにふたり気づかない春の衣服にみとれるままに

海にまであなたは本を連れてきて海を眺めるように愛する

＊

音楽の話をしたい宴席のはずれで宴が嫌いなきみと

「てかダニー・ゴーのカッティングってさあ」　会うたびにこの話題があるね

コメントにAwesome song! とある曲のAwesomeに見合わない再生数

「画質ｗでもセンスは神」の弾いてみた動画に神だった頃のきみ

スピッツにスピッツという名をつけて犬もバンドも愛し抜くのね

ピープル、ピープル、と彼ら神のように　どうやら音楽を話してる

聴いたことないならぜんぶ新譜だよミッシェルの新譜で踊ろうよ

名曲をいつか作るんだろきみは嫌いをきちんと嫌いでいてよ

*

わりといい靴を買えた日　靴屋にはグリーンデイが流れてました

「靴の箱捨ててもらう派？」「うん、もらう派」「捨てる？」「うん、けどもらう日もある」

ハンカチを出すときに落としたのかもさっきまでたしかにあった憂鬱

切りたての髪になついてくる風のしっぽを追えばひらけてく海

片方が世界に落ちて鳴っているもう片方は耳に鳴ってる

海を添えれば詩になった気がするときの飲めば真水の味のする海

渋滞の先頭にいたパトカーを追い越しておしゃれな夜の道

言いたくて買ったミモザと食べたくて買ったドーナツ　いい帰路でした

*

オンエア、が季語にきこえるラジオから春の新譜の流れる朝に

同じ部屋で違う漫画を読んでいるどちらも生きていない気がする

缶入りのつめたいジュースを首すじにあてられる　ここが空港になる

最終巻が少しだけ厚いそのぶんを泣き出す手前のまま読み進む

耳は足　ベランダへ出て澄ませたら春のだいたいどこへも行ける

ベランダに出ているきみが手招きをして月じゃない光をみせる

＊

ゆるやかに新幹線がなっていく寝起きのような街がひろがる

じゃなくても新大阪の新がすき夜景にはただ夜だけあって

星ひとつ落とした理由が丁寧なレビューみたいに褒めたい夜空

褒めて褒め返されるときごめんなさいそれをつらいと思ってしまう

わかるのにされる伏せ字のしんどさで綺麗になってしまってく街

移籍した選手の写ってるでかい看板　地元愛の強かった

おすすめのココアをもらう屋根つきのあなたのお気に入りの自販機で

ローソンがバックライトに赤く染まる赤くなるもんだなあってみてる

地下鉄の窓があいてる夜なのに夜みたいだと思ってしまう

*

ウインドブレーカーのブレイクする風がきこえるあなたは海をみている

写真では伝わらんけど　で届いた犬の寝息の　伝わってくる

自販機に冬の飲みもの減ってくね　あたたかいかさびしいかがわからんね

駅前だとあなたの思っている距離が広くてそれを知れていく夜

にぎわいに対して多い電飾が恥ずかしかった好きだった町

おそうざいのパックを袋にゆらす道　春は夜からはじまるねと言う

春としかいいようのない夜　ゆびにＣＤはめたまま会いにいく

外履きのバッシュに桜がついてくるすぐに着くから差してない傘

感想をいわないしきかない　それで全部をわかるときがあるから

ベランダの夜が春だな　音楽は部屋に流れていてきこえてる

たぶん好きだよ、と教えてもらう　まず名前がいいね、と褒めてから聴く

バイバイのかわりのおやすみを聞いておやすみまでの時間が光る

交差点の小雨を夜に光らせて市役所前のうつくしい右折

ときどきひどく眩しい街にまぎれこみ殴られないのに殴ろうとする

枕木をかぞえていたらみえなくなるみえてくるころ着く別の街

音源よりへたくそなイントロのギターこれが聴きたくて来たんだここへ

カラオケの薄いアルコールでねむい英詞のルビをかわいいと思う

つぶれてたクリームパンを鞄から出す今日ずっとたのしかったな

きく人がきいたら笑う一言で落ちこむ　絵本の絵だけみて寝る

だれかの好きがだれかの嫌い　そのことを好きにも嫌いにもなれないよ

前がみえる程度に下を向いて歩くときどき前が明るくてみる

音楽がしんどい夜に聴けていてこれは点滴かもしれないな

まだ寝てる頭でまだ寝てる犬をながめるたぶん無償の愛で

洗いもの溜まってますか　そうですか　桜が散るまで寝ていましょうか

良く撮れた写真をだれにも見せないで消す　そうやって記憶する春

Ray

ここを旅先にあなたがやってくる　見せたい光を考えて待つ

分譲地の幟《のぼり》がずっとずっと続く海辺を示す名をはためかせ

晴れなのにレインコートの人がいる「ここを左折」を抱くように立ち

分離帯の緑が夏を告げていて右も左もまぶしいさかり

さっきまで飛んでいきそうだった帽子　飛んでいって海の上を飛んでいる

インターの向こうに見える団地から花火の日にはよく見えるんよ

目が合っている間ずっと止まってる猫　葉の影が揺れては光る

車内灯を落とした電車に川がきて静かに過ぎていく草野球

犬の顔に虹が架かって辿ったらとうふ屋さんのおとなしい水

前かごにラジオを鳴らす自転車が過ぎてラジオの残り香がくる

開店のお祝いの花　店先にパジャマ姿の子のはしゃぐ声

忘れたいことだけ光る帰り道スーパーの明かりに救われる

よくわからんけど泣いている首にかけたヘッドフォンから灯のように音

いつかすっかりしぼんだ背中をさするだろう子犬のときから知っている手で

まだ頭だけは寝ていてリビングに深夜映画の朝がひろがる

ブランケット

抜糸みたいな高架の光　傷口のあたりにはあなたが暮らしてる

お湯になるまでに流してしまう水　涙にもその段階がある

どんな音楽もやさしくきこえるよ旅の終わりのねむたい耳に

言われればみえてくる虹　言われなければ体育館の屋根をみていた

坂道に眺めが深くひらいてくバスから街が生まれるように

手にみていた戦火を閉じてしばらくはコンビニの灯が国旗にみえて

夜に風　きこえてなかった高音がきこえたように夏の気配だ

ひどいニュースをごめんと思いながらきく平たいメロディで持ち直す

生き延びてたいなと思う　ありふれて高速道路の夜はきれいで

夕焼けがブランケットをかけていくさびしい川にビルにあなたに

これきりの夏

字幕だけ流れるシーンみたいだね電気を消してしゃべってる夜

ぶあつい漫画　読み終わるかな　途中まで読み終わるかなだけ思ってた

イオンには駐車場さえあればいい夏にはは深くオレンジの射す

飛ばせない広告みたいでくやしいな車窓に海がふいにひらいて

みたい映画を探してきみがしゃがみこむ姿をいつまで思い出せるだろう

ガソリンが58円とわかる写真そこで抱かれている祖父の犬

見えてなくたってプールの声だ、ってわかる聞こえなくたって夏だって

スーパーの2階で安くなっていく花火を昨日みて今日もみる

わりと深い夜なんだけどきみの好きなアイスがなくてわたる踏切

犬をみつけて犬がわくわくしてるそのパワーでおじいさんが速くなる

する場所へバケツを持って向かってく時間をしたくってする花火

目をひらくようにあなたは目をつむりその表情を花火が照らす

終わりたてがずっと続いている夏にガソリン入れにいくだけの夜

してほしい曲がされなかった夜の最後までその曲を待っていた

夏のこと誰も言わんくなったね、とあなたがこぼす　またね、のあとに

Contact

もう会えない人に会いたい乗るまでの光しかない空港にいて

届かない乾杯みたいに手をふって電車のなかで終わる八月

有名なパンが手提げに入ってるときどき覗きながら帰ります

気の利いた言葉がうまく出てこない気の利かないのすら出てこない

へたな月、カメラロールの前後にはそれよりもっとへたな月、月

リスナーのおたよりに泣きかけていたラジオのひとの声　泣いている

電話ボックスに入ってみたきみがディズニーに来たみたいに笑ってる

酔ってスリーポイントシュートしたきみがフォロースルーのまま笑ってる

きこえてるピアノのきれいなhip-hop　みえている国道の消失点

おやすみを済ませてひとり待っている午前0時の配信開始

新着のメールの太字　きみからの言葉が届く季節に生きて

吹き消すよ

ひとりだから話さず歩いている夜に音楽みたいだよ足音は

さびしさはさびしくなさの顔をしてゆぶねにひそんでたりするのです

*

本当に好きで着ていたニルヴァーナのパーカーを着て写ってる秋

ボーダーを好きなあなたがボーダーを着てやってくる改札抜けて

食べてからだけどこれから食べますの感じで投稿する秋のパフェ

日持ちする食べものばかり持たされてそんな元気にみえてますかね

ハウリングするたびマイクを遠ざけてあなたが歌い切るロビンソン

馬の背を　みたいに欄干をたたく　たたいて京都の秋をみている

夜はもう下手したら冬やねと言うあなたのひとたまりもない手首

一本ずつ見送る電車　さむいさむい言い合って一曲ずつ聴かせ合う

コーデュロイのこすれる音についてくる十一月に迷子の子犬

歌いたかった曲をいまさら思い出す　思い出したを伝えて眠る

＊

寝れていてごはんも食べれていてほしい　シャンプーを流しながらよぎった

ねむたく鳴ったらおしえてよ　おやすみは人間のままできるさえずり

寝食

よく晴れた夏をゆったり曲がってくバスのすみずみまで蟬の声

一番に見つけたようなテンションの誰かの声で虹を見つける

人ごみ、と言いたくないというきみと多くの人のなかで手をつなぐ

買いたてのシャツの入った紙袋こんなに軽いのにうれしいよ

リビングにトートバッグをつるすとき絵柄はちょっとした照明だ

きこえたい

隣り合わせで本を読むきみのひらく漫画に雪が降っている午後

さわるだけで電源の入るものがいや会いたいひとに会えているとき

映画を見てふたりで話す　話し終えて二人にみえている外の月

猫のフードをお皿にそそぐ猫はフードをわたしは何か音が欲しくて

おそば屋さんのおそばはきれい食べたあと撮ればよかったとは思わずに

忘れものがあなたを思い出すときにあなたは忘れものを思い出す

焼きたてのパンを食べたらおはようが思ったよりも大きな声で

BPL

生活は赤から青に変わるとき点滅をする濁った赤で

何に救われてんだろうスーパーの順路どう行っても楽しくて

こめかみに心がきてる風景にコンクリートを枯葉が鳴らす

揺さぶると予期しなかった量の葉が　日曜のテンションで

店長が施錠をしてる最中の紳士服店から

クリスマスまで待てなくて聴いているもういくつ寝ようが

目を外すとき目に入る秒針の　クレカの手元から

はためいて永遠めいている冬のバイト急募の幟

口にあたる風がつめたい今ここは平成の夜かもしれないね

広いパン売り場で明日の朝のパン選ぼうよ明後日のも選ぼうよ

Beat Per Love for Beat Per Life　そもそもの問いが間違ってたとしたって

ピクセルアート

自転車のかごに夕日は溜まらずに夕日を帯びて抜けていく風

ゲーム機のボタンをしないのにさわるするなら死なないのがしたいかなあ

網戸からドット絵のローソンがみえるリリックビデオのようにLAWSON

ツバメがツバメを愛してる　しばらくはそれを愛してるとは気づけなかった

ファミレスを出たら漫画のような夜　漫画のようにファミレスの光

ふたりなのにWeって感じがしない夜に静けさだけがきらめいている

たいっかん、電気ついとる　だけ言ってきみがみている五月の夜空

いた犬の代わりにはならないギター　撫でるぶんにはなるときもある

髪を切るためにわざわざ来る街のまるごと愛おしい帰り道

車窓からみえる、じゃなくて夕焼けが車窓をみてる　それをみている

染めた毛のなびく視界をミュージックビデオみたいに過ぎていく街

ゆくゆくは

ＣＤは何ゴミ　一八〇〇〇〇〇〇件　ＣＤはポータブルな光

知らないスーパーの光に届きたい新幹線の夜の向こうの

生きてます　そちらはいかが　これまでに眠ったことのある場所すべて

一人でも頑張れなくて　一人では、ではなく？　ではなくです一人でも

東京は記号なのにね歌になる東京のこと愛せてしまう

いつも広い道がいつもよりも広いかしこく人を嫌えた帰路に

ヤンキーのきれいな床座　満月にふるさとがあるように見上げて

なにやつ、とあなたがふるう一太刀の葱にやられる秋の夜長に

窓の灯にまたみとれてるこれ以上完成しない景色の中で

ひのひかり　大道芸の大技に目を瞑るとき瞼の裏に

時間よりゆっくり落ちてくる枯れ葉　ここは何処　ここからは過去だよ

遠足の声がする　このまま時が「時が」だなんて思う陽の中に

わずかにでも感情を動かした時間と光景。
それを忘れたくないために短歌を作っていると思ってきた。
でも正確には違っていた。
戻れない過去を新鮮なまま、感傷に包み込まずに
自分の中に取り込んでしまう。
忘れたくないものを忘れても平気になるために
短歌を作っている。今はそう思っている。

岡野大嗣

初出

「ハグ」は「文藝春秋」二〇二〇年七月号、「ここにいる」は「UR都市機構関西」ウェブサイト、「ジャパニーズ・ゴッホ」は「飛ぶ教室」第六〇号、「Ray」は「ユリイカ」二〇二一年六月号、「きこえたい」は映画「ムーンライト・シャドウ」パンフレットより収録。一部作品は加筆修正しました。

岡野大嗣（おかの・だいじ）

一九八〇年、大阪府生まれ。歌人。二〇一四年に第一歌集『サイレンと犀』、一九年に第二歌集『たやすみなさい』（ともに書肆侃侃房）を刊行。一八年、木下龍也との共著歌集『玄関の覗き穴から差してくる光のように生まれたはずだ』、一九年に谷川俊太郎と木下龍也との詩と短歌の連詩による共著『今日は誰にも愛されたかった』（ともに小社）を刊行。二一年、がん経験者による歌集『黒い雲と白い雲との境目にグレーではない光が見える』（左右社）を監修した。反転フラップ式案内表示機と航空障害灯をこよなく愛する。

音楽

◎著者＝岡野大嗣　◎発行人＝村井光男　◎発行所＝株式会社ナナロク社
〒一四二－〇〇六四　東京都品川区旗の台四－六－二七　☎〇三－五七四九－四九七六　◎装画＝佐々木美穂　◎装幀＝佐々木暁　◎印刷所＝中央精版印刷株式会社　◎©2021 Okano Daiji Printed in Japan　◎ISBN 978-4-86732-007-5　C0092

初版第一刷発行　二〇二一年十二月十二日
第二刷発行　二〇二二年一月一日
第三刷発行　二〇二二年十二月二五日
第四刷発行　二〇二四年十月三十日